진진욱 제7시집

님 부르는 소리

국립중앙도서관 출판시도서목록(CIP)

님 부르는 소리 : 진진욱 제7시집 /지은이 : 진진욱. -- 서울 : 한
누리미디어, 2014
    p. ;   cm

ISBN 978-89-7969-472-7 03810 : ₩10000

한국 현대시 [韓國現代詩]

811.7-KDC5
895.715-DDC21   CIP2014006313

진진욱 제7시집

님 부르는 소리

한누리미디어

차례 Contents

사랑에 대하여

옹이 박힌 사랑

차례 Contents

토굴 사랑

타다 남은 사랑

차례 Contents

제5부

거기, 누구 없어요

제 6 부

무덤

제 1 부
사랑에 대하여

님 부르는 소리

달빛 잘라 기둥을
별빛 잘라 서까래 걸치고
조각, 조각 하늘을 떼어다가
지붕도 덮고 창문도 내자
얼어붙은 한겨울 내내
수십 년 쌓아둔 내 그리움
아궁이에 불 지펴
님아
옛 님아!
천만 리 상한 관절
구들장 위에 뻗쳐놓고, 어디
한 많은 지난 세월 털어나 보자
강 건너 오랴
산 넘어 내가 가랴
이왕이면 우리 학산에서 만나
날갯죽지 밑에 둥지 하나 짓자
떠날 땐 우리 함께 학품에 안겨
하늘 높이 오르리
님아
옛 님아!
그대 부르는 소리, 소리마다

허공을 관통하지 못하고
목 메일 때 잠시 잔잔할 뿐
바다에서 강에서 물결로 일리라

그대를 위해

그대가 죽어
나 죽어, 우리가 다시
새 생명 하나씩 얻어 나온다면
그대는 무엇이 되고
나는 또 무엇이 될꼬

그대가 작은 동물로 태어난다면
나는 그대를 지키기 위해
시속 320킬로미터를 날 수 있는
북아메리카
칼새로 태어나야 하겠지

이별 후, 소식 영영 끊어진 지금
똑같은 시련이 재연될까 두려워
이름은 썩 맘에 들지 않지만
칼새, 칼새가 되겠네
그대 온전히 지켜야겠네

18

윈도우 여인

여인은 언제나 윈도우에 서서
창밖을 바라본다
항구도 없고
간이역도 없는 맞은편을 향해
봄 여름 가을 겨울
철마다 의상, 수시로 갈아입고
말을 할 듯, 손짓할 듯
뒤꿈치 치세워 창밖을 바라본다

간밤에는 애인이 왔다 간 걸까
헝클어진 머리에
드러난 젖가슴
해는 솟아 길 건너편에까지
훤히 드러난 알몸
얼마나 달콤했으면
저토록 지쳤는가
나도 남잔데 혼자 사는데

새벽 강

너와 내가 덮고 있는 두툼한 이 어둠
훤히 걷히고 나면
얇게 껴입은
물안개 속에 비치는 네 고운 속살
매만져볼 마음으로
나는 일찌감치 일어나
너의 머리맡에 앉아 새벽을 기다린다

낮에는 너에게도 나에게도
주어진 노역에 숨 돌릴 틈 없기로
지척에 두고 눈짓 한 번 못 보내다
감질나게 느릿한 태양
누군가가 꿀꺽 삼켜주길 바랐지만
기다리던 만큼 애태우던 만큼
지금은 오롯이 너와 나 둘뿐이네

20

누구시기에

드릴로 구름을 꿰뚫은 별이
별빛 한 가닥 지상 가까이에 내렸다
두 팔 꼿꼿이 세워도
간신히 닿을 듯 말 듯한 끝자락
조금만 더 길게 내릴 것이지
누굴까
그녀라면 내가 타고 오를 수 있도록
끈을 넉넉하게 내려줄 텐데
어떤 악연이 골탕을 먹이려나 봐
그녀가 있는
하늘에 오르고 싶은 간절한 이 마음
누굴까
발길 옮기는 대로 따라오는 끈
지하 다방으로 몸을 숨긴 얼마 후
밖에서 울음소리가 들린다
다방에서 나와 보니 비가 떨어진다
구름 뒤에 숨은 별이 울고 있나 보다
누굴까, 왜 그럴까

21

당신의 양羊을 위해

당신이 밝히시는 묵시默示의 점등點燈이
밤하늘을 수繡 놓았다 해도
가슴만 뜨거울 뿐 길을 찾지 못하나니
오매불망寤寐不忘 당신의 이름으로
돌무지에서 헐떡이는 저 어린 양羊에게
풀잎 넉넉한 초전草田을 만나게 하소서

나는 비록 이도異道의 접경接境 너머
무상無常한 객客이오만
당신의 영역을 스쳐 지나다가
보았기로 한 마리, 몸부림치는 가련함을

이 마음 유독 거기에 머무름은
원망스럽게도 나의 걸망엔 바람뿐이라서
마음자리조차 구름뿐이라서
천지天地가 사르르 달을 베고 눕는 이 밤
그에게도 베갯잇에 은총이 스며들어
당신의 보살핌이 그릇되지 않게 하소서

22

말 대신

사랑을 알고부터 그리움을 배웠네
그리움을 배우고부터 아픔을 얻었고
아픔을 안고 병원엘 가면 문밖으로 밀어내네
꼼짝없이 혼자서 앓아야 하네

만나면 해야 할 말들, 나이 들수록 녹아서
녹아 내려서, 하얀 액체로 고이고 있네
그녀를 만나면 쌓였던 말 대신
액체가 된 눈물이 하염없이 말해 줄 것이네

블랙박스

그대여!
내 짊어진 궤짝을 내려다오
멜빵이 낡아 터질 것만 같은 궤짝
이 속에 나의 것은 아무것도 없으니
설령 그대 죽었다 하더라도
이 짐만큼은 내려주고 가오
사실은 이 속에 무엇이 들었는지
나도 그대도 모르는 사실
그러나 궤짝의 주인은 그대잖아요
그대와 헤어진 후
어쩜 내 사념의 전답에서 재배된
특산물들이 들어있을 것 같은 예감
어깨가 내려앉아요
어서 와 봐요
우리, 마주 앉아 열어보기로 해요
암 같은 것이 들어 있을지도 몰라요
그대가 오겠다면 의사를 부르겠어요
이젠, 망각의 불 속으로 들어갈 몸
궤짝만은 그대에게 유물로 남기겠소

24

눈물 사전

떨어지는 것은 모두가 눈물이다
꽃잎은 꽃의 눈물
낙엽은 나무의 눈물
하늘이 떨구는 비는 하늘의 눈물

눈물 중에 가장 슬픈 눈물은
이별의 눈물 같지만, 실은
고독의 눈물이다
밤으로 출렁이는 나의 눈물이다

떠나갈 사람

사랑하는 사람이여
그대가 택한 길이라면 붙잡지 않을 테요
그대와 나의 사랑은 이미
하늘과 땅에도 지울 수 없으리 만큼
각인되어 있으니까요
잘 가라고 손을 흔들어 줄 순 없지만
끝끝내 원한다면 사랑으로 보내드리리다
마지막으로 하고 싶은 말이라면
그대를 보낸다 해도 내 가슴에 있는 그대는
떠나보내지 않는다는 것과
어디로 가든 진정한 그대는 그대에게 있지
않다는 사실만 기억해 주었으면 해요
그럴리야 없겠지만 행여 그대가 나에게
편지를 보내온다면
나의 가슴 바깥쪽에 있는 여인은 모두가
타인이라 생각하고
매 번 수취인 거절로 되돌려 보내리다
자, 이제는 떠나요
막차를 놓친다면 나는 타인과 함께 불륜을
저지르는 것과 다름없으니
안녕, 그리고 잘 가요

26

사랑에 대하여

사랑하노라고 날마다 찾아와
당신의 문을 두드린다면
어리석은 자여
당장 사랑할 마음이 없더라도
그에게 등을 보이지 말라

사랑하겠다고 강제로 끌고 와
당신 안에 가둔다면
어리석은 자여
우선은 사랑을 받아줄지 몰라도
한눈파는 사이 그는 곧 떠나네

어리석은 자여
사랑은 반쪽으로 굴러갈 수 없다네
바늘에 찔리면
함께 아픔을 느낄 수 있는
둥근 것이어야 한다네

빈 자리

천 년이고 만 년
기다림의 숲
약속의 산에
울긋불긋 옛 가을
한 자리에 모였어도
그대만 보이질 않아
흔적마저
바람에 씻겨

이제라도 오신다면
우리들의 낡은 앨범
갈아 끼워 보겠다만

28

죄

처음은
당신을 사랑한 것이
죄였으며

나중은
당신을 멀리한 것이
죄였으며

지금은
천식보다 질긴 죗값
그리움에 갇혀

못 잊어

이른 봄부터 추적추적 비가 내린다
나목보다 깡마른 내 그리움의 가슴으로
파고드는 이 빗소리
구름, 바람, 비
나의 그리움을 먹고 자란 이들의 소리
사랑하는 사람아!
그대 귓가에 아무 소리도 들리지 않느냐
이 봄이 익어 가면 내 그리움도 익어 가고
가을걷이가 끝나면
그 넓은 벌판에 내 그리움만 출렁거린다
그 모습 보노라면
상처를 준 이 가슴을 송두리째 뽑고 싶다
그대 못 잊어 이렇게 시를 쓰고 있다만
그대가 읽지 못하는 시는 쓸모가 없단다
빗물에 젖기 전, 그대여 시詩라도 읽어 주렴

참사

보슬보슬 그녀의 목소리가 들려 온다
해독 불가능
따닥따닥 양철지붕을 때리는 소리
해독 불가능
가쁜 숨을 몰아쉬며 우박을 쏟기 시작
해독 불가능
전신주가 넘어지고 해일이 일어나고
산사태로 가옥이 매몰
나는 전혀 해독 불가능
사방에서 매몰되었다는 TV 긴급 속보
재해대책 본부가 안절부절
늘어나는 사망자
나 때문에, 그녀와 나 때문에

창밖에 비 내리면

그대와 나 사이 그리움 외
아무 흔적이 없네
잡아 보지 못한 손길
닿아 보지 못한 입술

그대와 나 사이
마음에서 일어난 그리움과
그 예쁜 얼굴에서 일어난 것
그것이 우리의 전부네

이럴 줄 알았다면
그대가 보낸 수많은 편지들
엮어 두었어야 하는 건데
꼭 잃어버린 사진첩 같네

그리움은 병보다 더 아픈 것
그대 아니면
아무도 치유해 줄 수 없는
나의 난치병

비가 오면 창문 밖

현수막처럼 펄럭이는 그리움
찢어지지 않네
좀처럼 찢어지지가 않네

못질

그녀의 사진을 확보해 두었더라면
이렇게 새벽까지
엎치락뒤치락 안 해도 될 걸
그때는 왜 그걸 몰랐을까
눈으로 기다리는 것보다
마음으로 기다리는 것이 더욱 힘들다
만성 충혈이 된 지 오래니까
거리를 나서면 마치 거지처럼
이 가게 저 가게를
습관처럼 들여다본다
지나는 사람마다
정신병자처럼 일일이 쳐다본다
왜 이렇게 묵은 세월을 잊지 못하고 있을까
잊어야지, 잊어야지 다짐할수록
그리움의 못은 더욱 깊이 박힌다

34

빈 배

주인 없는 낡은 배가
포구에 매달려 있다

그대 없는 내가
고독에 매달려 있다

배도 낡고
나도 낡고

근심 없는 갈매기만
물에 둥둥 떠다닌다

이맘때 그녀가 온다면
얼마나 좋을까

배를 빌려
멀리 한 바다로 나가서

그 동안의 회포를
바다 위에 펼칠 텐데

제 2 부
옹이 박힌 사랑

운명

베토벤이 그녀를 데리고 왔네
우리는 사랑을 했고
행복이 다시 꿈틀거리네
귓속이 간지럽도록 그녀의 얘기
달콤한 어느 순간
베토벤이 그녀를 데리고 갔네
잘려 나간 흑백 필름
베토벤은 처음부터 탈을 썼네
낡은 필름이 몹시도 불안하네

새벽이슬

누가 나의 사랑에
훼방을 놓았는지
오늘따라 풀잎에
눈물방울이 없다
밤마다 울지 않고는
못 배길 그녀
몹쓸 바람이라도 와서
데리고 갔을까
너무 일찍 흘려
메말라 버렸을까
별은 아직 총총
조금 더 기다려 보자

그녀의 닻

처음엔 설탕 대신 사랑을
다음으로 매실같이 새콤한
그리움을 넣었습니다
이미 오래 전부터 발효된
넘쳐나는 내 가슴 속 항아리
그냥 그렇게 넘치나 했더니
뚜껑 밑으로 타 내리는 것이
뜨거운 눈물입니다
나눠 마실 사람 하나가
아주 멀리 떠나가고 없기에
그대로 방치
궂은 날은 눈물 줄기가 아주
굵습니다
가을, 겨울은 더 굵어요
항아리를 꺼낼 수 있다면
깨어버리고 싶지만
사실은 은하수에 사는 그녀가
닻으로 내려놓은 항아립니다
그녀가 끌어올리기 전에는
눈물 펑펑 넘쳐 흘러야 합니다
녹이 슬지 않는 닻

40

내 죽어 불에 태우고 나면
고스란히 사리로 남을 항아립니다

세모歲暮의 그리움

보고 싶은 사람아
그리움에 지쳐 나 죽은 듯이 잠든 밤
눈이 내리면 하염없이 내리면
깨우지 않아도 좋으니 한 번만 다녀가렴

사랑하는 사람아
예까지 왔다가 그냥 돌아가도 좋으니
눈이 쌓이면 수북이 쌓이면
그대 닮은 눈사람 하나 만들어 놓고 가렴

전할 길도 없거니와 줄 것도 마땅찮아
모아둔 책과 헌 책장이라도 판다면
키스보다 진한 선물은 구할 수 없겠지만
그대 눈사람 위에 걸어줄 목도리는 사겠네

블랙홀을 향해 직선으로 뚫려 있는 여생길
사랑하는 사람, 보고 싶은 사람아!
낙관 없는 이별을 진품이라 우길 텐가
모조품이 아니라면 다시 와서 찍어주고 가렴

우리의 연인처럼 꼬리 없는 종소리

종이 울린다 세모歲暮의 종이
타종의 횟수와 이별의 햇수가 손을 맞잡고
종을 울린다 심장을 울린다

나는 네게 죄인

뱃머리를 돌려 어서 오라 사랑하노라고!
뭍에서 기다리는 간절한 네 마음
해바라기가 지고 난 계절에도
해바라기가 되어 기다리는 줄 알면서
남 모르게 항해하는 나의 배는 이미 둘
모든 걸 네게 진작 말했어야 했는데
그 말이 떨어지지 않아 배가 고장났다고
평생 돌아갈 수 없다고, 그것도 그냥
말할 수 없어
발갛게 달아있는 네게 고작
편지 한 통으로 마침표를 찍고 말았으니

배가 전복된다 해도 네게로 갈 수 없는 건
허우적대는 또 하나를 두고 어떡해

소문의 꼬리를 별별 소리가 매달린 걸 보니
나로 하여금 너는 생사의 기로에서 쓰러져
수많은 발길에 밟혀 버린 해바라기
사랑의 표현을 건넨 적 없는, 왜 하필이면
나를 그토록 사랑하고 있었는가
소문의 꼬리는 왜 남겨 수십 년 이날까지

44

나를 통곡하게 하는가
배는 이제 나 혼자여서 너를 태울 수 있다만
항구마다 포구마다, 섬 어디에도 너는 없어
먹물로 소리치노라 뒤늦게 나 미쳐 가노라

양귀비

그대여!
다른 쪽으로 고개 돌리지 말고
나만 쳐다봐 줘요
그렇게만 해 준다면
하늘에서 선녀가 내려와
나를 낭군으로 삼겠다 해도
나, 평생 그대 몸종이 되리라
그대가 한 생을 다하면
나는 그대 다시 피어날 때까지
비가 오나 눈이 오나
그대 곁을 떠나지 않으리라

46

길 잃은 기러기

길을 놓친 나의 기러기는
어느 길로 접어들었을까
고인돌처럼 나 여기 머무는데
어디쯤에서
지친 날개 접고 있을까
개펄에 발이 빠져
남은 힘 다 쏟는다면 어쩐다지
뚜껑을 걷어차고 나 곧장
찾아 나설까
어디로 가야 너를 만나나
석양이 거울이라면
거울이라면
너도 쉽게 나도 쉽게 우리 금방
만날 수 있으련만
깊은 숲 속에서 쓰러져 있느냐
외딴 섬에서 울어대고 있느냐
길을 놓친 기러기 나의 기러기
석양이 거울이라면, 잠시라도
거울이 되어 준다면

47

너무 긴 이별

그대 빈 자리에 사랑은 이끼가 되어
곱게 자라고 있어 아름답지만
그대 모습 너무 잊혀져 어쩐다지

밤바다에서 갯바위를 보면 눈물나
먼발치 수녀의 뒷모습에도 눈물나
실루엣 같은 모습마다 그대 생각에

무심하게 스쳐 지난다면 난 모르리
그대가 나의 이름을 불러준다면
기절 내지는 미친 듯이 껴안을 나

학처럼 날아드는
그 많은 편지들 하루 건너 보내면서
사진 한 장 동봉하는 건 왜 잊었지

난 그때 돌부처가 아닌
채석장의 위험한 돌이었어
그대 고백, 안아주지 못해 울었지

깨어진 고백으로 괴로워했을 그대

48

이제 뒤바뀌어
앙갚음으로 내게 안겨진 이 괴로움

하루 중 어디서 어디까지가 밤인지
계절까지 헷갈리는 지금의 내 증상
우린 늙었어, 아니야 아직은 아니야

옹이 박힌 사랑

물운대 바위 끝에 앉아 바다를 보노라면
가까이 나앉은 섬들과
섬을 축으로 바다를 배회하는 갈매기들
멀리는 여객선들의 왕래가 시선을 붙든다

각막을 가슴으로 옮겨 바다를 보노라면
수평선을 넘나드는 첫사랑이 희뿌옇고
섬 너머 보일 듯 말 듯한 또 다른 여인
여인들은 하나같이 제자리에서 넘실댄다

오래된 이별이 말해 주듯 떠난 자들은
언제나 그 모습 그대로 푸르기만 한데
보낸 자만이 안팎으로 바래져
애간장 끊는 소리 이 시각도 비틀거린다

예까지 밀려왔다 밀려가면
내 싸늘하게 식은 손이라도 데워 보련만
옹이 박힌 가슴들, 섬들과 수평선에 걸려
예까지 오지 못하나 보다

바다를 보면 왜 떠난 자들만 생각나는지

염분의 농도가 비슷하여
눈물과 바닷물이 맞보고 있기 때문일까
나의 그림자만 물 위에서 사경을 헤맨다

슬픈 바다여
이별의 전시장이여
물에 젖어 가느다란 뱃고동소리, 내게
색소폰이 있다면 통곡으로 넘칠 바다여

바람

얼어붙은 나의 고독을 녹여주는 너
굳어가는 그리움을 풀어주는 너
나는 너의 모습을 전혀 알 길 없는데도
너는 내 곁을 떠나려 하지 않는구나

님은 나의 행방을 모르고 나는
님의 행방을 모르는데도 너는 어떻게
봄이면 님의 눈물 내게 전하고
가을이면 나의 눈물 님에게로 전하는가

나는 네가 날라다주는 님의 체취로
비어 있는 액자에 얼굴 하나 새겨놓고
네가 있어 나는 또 강이며 바다
님에게로 세세히 사연 띄워 보낸다

찾을 길이 없을수록 열병처럼 끓는 정
바람아 이쯤에서 말문을 열어 보렴
하늘 깊숙이 숨어 산다 말하든지
백일홍이 되어서 날 바라보고 있다든지

52

낙엽

이렇게라도 왔다 가면 될 걸
바람 불어 적적한 날
낙엽처럼 왔다가
잠시라도 머물다 가면 될 걸
매만지면 부서져
눈앞에 두고 애무하는 이 마음
간다 하면 이렇게
낙엽처럼 보내줄 수 있는데
어느 바람 결
어디로 가서
낯선 발길에 부서져 가고 있는지
그립다고 생각하니
낙엽 부서지는 아픔
그대 아픔이라 여겨져
타 내리는 것은 눈물인데 땅에
떨어진 것은 핏물뿐이다

53

빗속에 흐르는 곡

빗줄기 하염없는 창가에 앉아
나 그리로 음악을 띄우나니
그대 얼른 창문을 열어봐요

주적주적 비에 젖은 내 모습
보이지 않나요 귀에 익은
음악소리 들리지 않나요

솔밭 사이로 강물은 흐르고*
스와니 강江* 저편에
그대 모습 점점 뚜렷해지네요

빽빽하게 장벽을 치는 빗줄기
우린 끝내 만날 수 없나 봐요
음악이 끝나기 전, 그대여 안녕

*곡명

54

비에 젖은 유리창

빗속에 잠긴 하루가 좋다
침몰할 듯 표류하는 음악이 좋고
음악에 묻어나는 고독이 좋다

고독이 그려내는 아름다운 장면
비에 젖은 유리창에
클로즈업 되는 얼굴

떠내려갈 듯 떠내려가지 않아 좋다
마냥 그 자리
고독의 무대를 채우고 있어 좋다

잃어버린 사랑

우연한 만남
만남의 희열밖엔 그때는
그것이 사랑인 줄 몰랐습니다
훗날
비로소 이별이 있고서야
부풀어 오르는 그리움으로 하여
그것이 사랑이었다는 걸 알았습니다
그 사랑
이제는 시침이 반전하여
머나먼 원시림까지 데려다 준다 해도
한 번 간 사랑은 찾을 수 없습니다
뽑혀지지 않는 운명의 칼날 때문에

56

나는 언제나 당신 곁에 머문다

나의 나는 여기에 있어도
당신의 나는
당신에게 가 있다

야간열차 특실
꿈길 같은 내달림에도
나는 지금
당신의 무릎을 베고 누워
젖살 내음 한껏 마시고 있다

차창 밖 불빛들
창녀처럼 나에게 엉겨붙고 있지만
당신은 나를 가슴으로 감싸고 있다
열차를 탈 때부터 당신은 이미

채울 수 없는 계절

깃을 세운 바람이 나무들을 흔들어대는 걸 보면
가을은 또 유랑길을 떠나려나 보다
어디로 가서 국화꽃을 피워댈지 모르지만
썰렁하게 남아 있을 이 거리를 생각하여
향기라도 빼돌려 보내 주었으면 한데

너덜너덜 중천에 걸려 있던 장삼 같은 구름들
하얗게 바래 흔적 없이 풀려 나가고
강물에 비치는 건 가을을 뒤쫓아가는 새떼들과
왜소한 나의 그림자뿐
벌써부터 잎 떨어진 자리마다 그리움 돋나 보다

달빛은 비스듬히 갈대밭으로만 내려앉고
귀뚜리 소리 멎은 지 한 주일쯤 됐을까
잊혀진 꿈같이 멀기만 하여
목련이 터져 하늘가에 아지랑이 지필 때까지는
침묵을 불러 촛불 앞에 마주 앉아 있어야겠네

58

연꽃 같은 내 님

성불을 못해도 님에 대한 그리움만은
소멸하지 않으리라
그리움이 가부좌를 한 이 생애에는
성불할 수 없으리라

만 부처, 만 보살이여
그리움이 소중한가 성불이 소중한가
내 안에 잠든 부처는 깨우면 되지만
내 님을 찾는 일, 고행 중 고행일세

연꽃 향기 실실이 코끝에 감기는 계절
무명초 내 님만이 어디에 계시는지
흙탕물 가득 내 마음에 채웠거늘
연꽃 없는 심연深淵에 바람만 윙윙

커피 한 잔

누군가가 허공에서 수묵화를
그리고 있을 때
탁자 위에 올려놓는
진한 커피 한 잔
나는 창문을 열어둔 채
마냥 앉아 있기만 합니다
커피를 마시지 않는 건 그녀가
향을 다 들이킬 때까지
기다려 주는 것입니다 나는
향 없는 커피를 뒤늦게 마시며
멀어져 가는 그녀의 모습을
물끄러미 바라보며
두 잔의 커피가 탁자 위에
놓여질 때를 그려 봅니다
그녀도 지금쯤
나처럼 커피를 준비해 놓고
내가 향을 다 들이킬 때까지
기다리고 있을 겁니다

제3부
토굴 사랑

황홀한 행복

석양이 물들면
그대 가슴 출렁이겠네
발갛게 물들겠네
내게 남긴 씨앗 하나가
나를 둘러싼 세상으로 자라
나는 언제나
그 속에 살며 빛을 토한다
그대에게 눈짓하는 장미꽃도
석양도
붉게 매달린 사과도 보아라
붉은 것 치고 그대 위해
내가 발산하지 않는 게 없다
동트는 광경을 보라
나의 불덩이를 반겨 맞아라
그대 행복하게 해 주리니

62

잊으려 해도

내가 그리움에 갇혀 있는 것은
사랑의 자물통 때문이다
자물통을 채워 놓고
우린 서로 행방을 모른다
자물쇠 없이 자물통을 부수기엔
세월이 너무 녹슬었다

처음부터
우리들 사이에 구차한 건 없었다
단 별들이 가물거리는 그 노망든
가을밤 때문이었다
우연한 만남, 우연한 정분
나무도 마주보면 정이 드나 보다

애물단지 자물통만 두고 그녀는
자물쇠를 쥐고 어디로 갔을까
아무도 나에게 길을 묻지 마라
시한폭탄을 가슴에 안고 있는
나에게 말을 걸지 마라
자연 폭발 '위험 접근금지'

장맛비

사랑하는 사람이여
당신을 알게 해서 고맙고
당신을 그리워하게 해서 고맙다
끓여놓은 커피가 다 식고
긴 재가 매달려 있는 담배 개비
세월이 참으로 뿌옇다

18세기 음악을 타고
타임머신을 한 바퀴 도는 사이
추적추적 여름비는 내리고
눈에 달린 수문이 요동을 친다
산사태가 나거나
아무래도 아랫마을이 위험하다

사랑하는 사람이여
내게 이 모든 영광을 주어서
신神보다 고맙다
웃을 날이야 없겠지만
마냥 우는 것도 아닌 일생
그대만 그리워하면 족하지

64

덮여 있던 것이 비에 씻겨
모두가 제 정체를 밝혀
가슴 온통 찔러 오네
사랑하는 사람이여
식은 커피를 데울 동안
내게로 어서 오렴

토굴 사랑

님아 오려무나
눈물일랑 거두고
깊은 산골짜기에
토굴 하나 봐 두었으니
님아 어서 오려무나
우리가 살면
얼마나 더 살라나
열매로 밥을 짓고
산초 뜯어 반찬하며
짧은 듯한
남은 여생
님아 오려무나
우리 못 다한 사랑
그곳에서 맘껏 나누자

심연에 핀 연꽃

그대여! 편안한가
그대 그림자만
내 심연에 연꽃처럼
피어 있게 해놓고
꿈속에서도
종적을 감춘 그대여
정말로 편안한가
나중에
아니, 오늘밤이라도
저승에서
나를 만난다면, 무슨
변명을 해댈 텐가
오랫동안 깊은 잠에
빠져 있었다고
스스럼없이 말하겠지
잎이 진 걸 보니
곧 겨울이 올 것 같다
어떤 세상에서든
우리가 만난다면
눈물 펑펑 뜨겁겠다

깃발로 채운 공원

그대 장대비 같은 눈물 흘리려면
사그라지지 않는 장대
쭉쭉 그대로 세워 놓아라
내 안에 있는 수많은 명주
갈기갈기 찢어서
그리움의 깃발 달아 놓으마
붉고 푸르고 노란
검고 파랗고 하얀
명주천이 모자라면 한 사흘
백 필도 짜낼 수 있으니
나는 그 공원을 그대라 생각하고
공원에서 살다 공원에서 지리라

그대 빗줄기

어떤 것이냐
그대 눈물
어느 빗줄기라더냐
화병에 가득
내 그리움 꽂아 놓을
그대 눈물이

그대 눈물
어느 빗줄기라더냐
그리움에 꽃이 피면
나 그대에게
한 아름 꺾어 드리리
시들면 다시 꺾어 드리리

69

바보들의 행진

세상에서 제일 아름다운 그녀
세상에서 제일 불행스런 그녀
구해 줄 수도
위로할 수도
지금은 전혀 찾을 길 없는

세상에서 눈물이 제일 많은 그녀
세상에서 간이 제일 작은 그녀
그 사이 향기를 잃어
꿈에서도 그냥 스치는 그녀
너무 닮은 우리의 공통점

아무리 찾아도 만날 수 없는 그녀
강江 속에서 살까
구름 속에서 살까
바다 속을 들여다봤지만
그림자도 안 보였어

세상에서 제일 잊을 수 없는 여인
잊지 못해 나를
지금도 방황하게 하는 여인

이제 얼마 남지 않은 여행
만남의 난간은 어디쯤일까

지금 내 님은

저 싸락눈은 그리움의 열병을 앓는
내 님의 촉촉한 눈곱이다

저 보슬비는 그리움을 자아내는
내 님의 눈물이다

저 무지개는 이승길을 그리워하는
내 님의 꿈속이다

무정한 그 사람

한 줄기 바람이
마로니에 잎들을 떨구고 간 빈 공간
내 그리움 그 틈새를 차지하여
낮에는 등을 돌리고 있다가
밤이면 제 모습을 내보이며, 날더러
가슴 아파 보란다

그 사람 참 무정도 하지
수많은 사람
수많은 꿈에서도 보이지 않는 그 사람
싸늘한 바람처럼 스치며
잠시나마 앙갚음이라도 해 볼 일이지
뚫어지게 바라보는 별들 보기 부끄러워

그 사람을 그리워할 때부터
내 몸은 서서히 원통으로 변형되어
지금은 앞뒤가 따로 없다
헤아릴 수 없는 나의 눈과 귀와 코
동시 다발적으로 관찰이 가능한 몸뚱이
아! 묘비들마저 여인들의 이름이 없다니

편지 · 1

꽃샘추위가 맹위를 떨치는
삼월의 마지막 주
숙아! 춥지 않니
중년에 잦다는 성인병에 걸려
낮밤을 설치지는 않느냐

보고프면 음악을
또 보고프면 기도를
그래도 보고 싶으면 눈물을
나의 성인병은 아주 만성이야

길을 가다 무당 집을 보면
무당에게 묻고 싶은 이 마음
이 거리 저 거리
어제도 오늘도

생사라도 알 수 있으면 나 이렇게
광란의 세월을 보내지 않아도 될 걸
별을 헤아리다 숫자를 잊었네
온몸의 세포가 네게 쏠려 있기에
담배 연기를 풀어 하늘에게 물어 본다

74

편지 · 2

숙아
저 아름다운 샛별 어느 한 구석에
우리들이 만나 꿈꿀 수 있는 공간이 있겠지
몸은 어디에 눕히든
꿈은 함께 누워 그곳에서 꾸기로 하자
밤송이가 많고
자갈이 많은 이 지구상은 위험하니까
더 이상 찾아 헤맨다는 게 너무 위험해
그리운 숙아
애간장을 하루 종일 끓이다 지쳐 잠들면
온갖 무리들이 벌떼처럼 달려들어
밤을 꼬박 지새게 한단다
우리들의 꿈의 궁전
꿈이라면 샛별로 갈 수 있는 길이 있을 거야
악몽 같은 밤이 또 문을 뒤흔든다
네 말고, 외인 금지 구역이라고
머리맡에 팻말이라도 세워 놓을까 보다
숙아!
애끓는 낮과, 악몽 같은 밤이 너는 좋으냐

편지 · 3

이른 봄꽃은 잎보다 꽃이 먼저 핀단다
마치 네 이름보다 네 모습이 먼저 떠오르듯
숙아! 시인들은 시를 창작하지만
나는 시인이 아니네
나의 모든 시詩들은 시가 아닌 오로지 절규네
네가 그리워 너를 향해 부르짖는 절규
보낼 곳도 마땅치 않은 시시한 편지라네
나무가 바람에 흔들리는 건
뿌리로부터 생명을 끌어올리는 작업
그와 같이 내가 부르짖지 않으면 나는 너를
영원히 찾을 수 없기 때문이야
너는 나의 뿌리, 나는 너의 가련한 나뭇가지

76

겨울 바다

바닷가에 앉아 조약돌 하나 둘
던지며 모두를 잊기로 했다
슬픔의 조약돌
욕망의 조약돌
추억과
그리움의 조약돌

물새들도 보이지 않는 바닷가에
천식에 걸린 파도만 철썩철썩
바다는 넙죽넙죽 조약돌만 삼키고
풀 한 포기 없는 작은 돌섬만
그리움에 갇힌 나처럼
빠져 나오지를 못하고 있다

누군가가 저쪽 수평선에 걸터앉아
이쪽을 향해 나처럼
조약돌을 던지고 있겠다
하늘에 펼쳐져 있는 하얀 드레스
낯설지가 않는 걸 보니
나와 무슨 연관이 있나 보다

비와 함께

눈물 따라 길을 나서면
길은 너무 짧아
이 빗줄기를 따라
먼 길을 나서 볼까
천 리
만 리
천 갈래
만 갈래
이 빗줄기를 따라 나서면
님을 만날 줄 모를 일이네
비에 흠뻑 젖은 나를
까마득 잊고 있었던 나를
그녀가 알아봐 줄까
고사목처럼 서 있지만 말고
정말 비를 맞으며 나서 볼까
둘이서 만난다면
긴긴 세월 가둬둔 눈물
봇물 빼내듯 다 빼내고
춤추듯 함께 돌아와질까

78

님 찾기

무슨 영문인지 몰라도
내 영혼
밤마다, 밤마다 그네를 타네
제일 밝은 별
나 그곳에까지 그네를 타네
누굴 찾느라
한 순간도 못 참고
쉴새 없이 밤마다 그네를 타네
별쪽으로 가면서
온 하늘을 살피고
내 쪽으로 오면서
지상을 살피는 영혼의 그네 타기
난, 통 모르겠네
내 영혼이 하는 짓을

장갑

지하철에서
싸구려 장갑을 샀다

아차 싶어
그녀 장갑도 샀다

몇 년을 끼고 다녔는지
내 것은 구멍이 났다

어느 날 서랍을 열어 보니
그녀 장갑이 눈에 띄었다

깊이 잠든 장갑
조심스럽게 서랍을 닫았다

그녀가 올 때까지
잠에서 깨어나면 안 되니까

벌레가 덤벼들까 봐
소독약도 넣어 두었다

| 진진욱 제7시집

기도보다 더한 내 정성
그녀도 알고 있을까

숙이

목련꽃과 목련꽃 틈새
벚꽃과 벚꽃 틈새
개나리꽃과 개나리꽃 틈새
꽃나무 틈새마다
꽃보다 아름다운 그녀가 보인다
다가가면 수줍어 달아나고
물러서면 다시 보이는
어쩜 저렇게 예쁠 수가
이 봄 다 가기 전
나의 애간장 다 타고 없겠네

82

제4부
타다 남은 사랑

그녀를 위한 기도

여름엔 시원한
겨울에 따뜻한 둥지 속에서
그녀가 살게 하소서
비가 오면 빗물이 새지 않는
지붕 아래 살게 하소서
마로니에 잎이 떨어질 때
울지 않게 하시고
그녀의 꿈길에
무지갯빛 비단을 깔아주소서
바람에 굴러 내리지 않는
이슬방울이게 하소서
저 새벽 종소리가
나의 목소리로 들리게 하소서
나는 그녀를 위해 촛불이 되리라
나는 그녀를 위해 향불이 되리라

84

찻잔에 깃든 얼굴

몰래 감춰 온 여인의 모습
찻잔 속에 아롱져
기울기라도 하면 일그러질까 봐
두고 두어 밤 이슥네

은은하게 감도는 향기
살내음 같은 거하며
고인 정情 모락모락 피어올라
냉방에 홀로 자도 얼지 않겠네

베토벤이 찢어버린 악보

이슬 같은 봄비마저 가로채는 세월이여
이제 또 무엇을 가지고 싶나
단발머리 소녀를 가로 챈지 수십 년
중년으로 탈바꿈하여 어느 날 불쑥 내민
너로 인해 나는 내 가슴에 우물을 판다
만남에서 이별까지가 너무 짧아
눈물이 솟구칠 때까지 파내려 가고 있다

축 늘어진 어깨, 힘겨운 발걸음
회색 담장에 그림자를 밀어붙이며
고개 숙여 사라지는 중년의 옛 소녀
도시는 그에게 아무 위로가 되지 못하고
나의 발목만 거머쥐고 있을 때
광고탑 위에서 물끄러미 바라보고 있는
어처구니없는 세월

생동하는 가로수의 경쾌한 물오름과
들끓는 나의 피 흐름이 바람을 일으켜
8차선 도로를 무단으로 가로질러
그녀의 옷깃을 끌어당기지만 때는 늦어
이미 채워진 단추

86

질주하는 차량 너머로 경적의 여운처럼
모습을 감춘 녹슬지 않는 내 여인이여

그대에게

그대가 내게 연꽃이 되겠다고 말해 주면
나, 망설이지 않고 뻘물이 되어 주리라

그대 바닷새가 되겠다고 말해 주면
나, 주저하지 않고 섬이 되어 주리라

그러나 이슬이 되겠다고는 말하지 마오
바람 불면 난들 무슨 재주가 있겠어요

꿈속에 들어가 예행연습을 위해서
오늘은 일찌감치 불을 꺼야 되겠어요

닮은 점

새는 나무에서 떠나고
나비는 꽃에서 떠나고
옛님은 내 곁에서 떠나고

우리 셋은 울었다
비바람이 몰아칠 때
한 없이 울었다

우리 셋은 너무 닮았다
가슴 속
저 구름 같은 응어리하며

서글픔

기다려 보니 알겠다
그립다 보니 알겠고
눈물 흐르니
더욱 더 알아, 그로부터
혼자 있는 것들만 봐도
서글퍼지는 이 마음

사랑은 서로 닮아야
아름다운 꽃이 되고
꽃이 되어야만
향기를 품나 보다
기다려 보니 알겠다
서글퍼지는 마음을

촛불과 커피

탁자 위에 촛불을 켜놓고
커피를 마십니다
갑자기 나타난 그녀가
사뿐사뿐 춤을 춥니다
커피가 식어갈수록
흥을 돋구는 그녀
뜨거울수록 옷을 벗는
내 여인, 유령의 촛불
말이 없는 그와 나
그녀도 표정뿐
나도 표정뿐
한 마디의 말도 없이
홀로 눈물만 흘려대는
가련한 그녀
슬픈 싹 하나 내 가슴에
돋을 무렵
춤을 끝낸 그녀는 사라지고
그가 벗어둔 하얀 속옷 위에
내 눈물 뚝뚝 떨어집니다

근거

그리움 빽빽하게 매달아
가을이면 나를
행복하게 해 주던 은행나무
태풍에 꺾어지고 말았다
그녀에 관한 것은 왜 이다지
허무하게 망가지는 걸까
은행나무 옆, 작은 공간에
목련나무를 근래에 심었다
그녀를 심었다
그녀의 성을 따서 최목련
한 해만 애태우다 보면
보얀 살결로 걸어 나오겠지
작은 수석을 샀다
그녀의 성을 따서 최수석
노을빛이 그녀의 볼기짝 같아
사진보다야 못하지만
남겨 논 것이 없으므로
그를 그녀의 사진으로 삼는다
비가 온다
연달아 커피와 담배를 태운다
그녀 없는 세상이 빙빙 돈다

92

이참에 내가 쓰러져 죽는다면
해묵은 그리움도 끝나겠지
저 혼자 목련나무로 남겠지

타다 남은 사랑

타다 남은 산山처럼
타다 남은 반쪽 사랑이란
접목하기 까다로운
이미, 두 쪽으로 갈라진 가슴

아파도 버릴 수 없는 상처
반쪽이라고 버릴 수 없는 사랑
뭉개진 것도 갈라진 것도 없는
가슴이 바다라면

오래될수록 상처가 서서히
사랑쪽으로 번지면
가슴 곪아터지는 날
정신병원의 문을 두드리겠지

창 너머 날고 있는 새를 보면
상처는 종말까지 가고, 결국
하얀 천에 온몸 칭칭 감긴 채
들것에 실려 병동을 나서리라

사랑이란

94

사랑이 시작될 때부터 두 가슴에
서로가 모르는 종양이 싹트는 것
헤어질 때라야 뚜렷이 드러나는 것

상환

나 몰래 날 사랑하다
사랑 한 번 엮어보지 못하고
죽음 속으로 떠나버린 너

뒤늦게 널 그리워하다
그리움 한 번 달래보지 못하고
죽음 속으로 떠나려는 나

이자도 빚인 걸
지금이라도 내 앞에 나타나
두 손 불쑥 내밀어만 준다면

사랑 작업

노동 중에 가장 까다로운 노동은
사랑의 연결고리를 이어내는 일이다
얼핏하면 끊어지고
자칫하면 어긋나는 정교한 작업이다
불순물을 제거하고
화력을 조절해야 하는
나는 그렇지 못해 실패를 거듭하고
이제는 알 만하지만 허리가 굽다
사랑의 연수생들이여
사랑하는 일에 게으르지 말지어다
때를 놓치면 뻘밭의 나룻배
나는 뒤늦게나마 새로운 도전을 위해
청사진을 펼쳐놓고 유심히 관찰한다
긴긴 날 조바심하며
눈여겨본 모든 사물들에게 안도의
숨을 쉬게 하는 건 나의 책무니까

사랑은 꽃중에 꽃이다

사랑이란 더울 때 시원한 것이고
사랑이란 추울 때 따스한 것이다

사랑하는 사람이 차려놓은 밥상은
식은 밥에 소금이면 족한 것

사랑은 세월이 흐를수록 여물어져
다비장에 태워도 타지 않는 보배

엿본 적은 있어도 나눠 본 적 없는
알쏭달쏭한 우리들의 옛 만남

당신은 불길로 다가오고
나는 불길 옆 연기로 맴돌아

그때, 나도 함께 불길이 되어
활활 타올라줬어야 했었는데

우리 둘 향기 풀풀 날리는
나, 왜 꽃이 될 생각을 못했을까

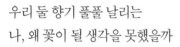

98

학鶴

숲을 뒤덮고 있는 학
누가 저렇게 많은 학을 접어
섬으로 날려 보냈을까
나도 수십 년
종이배를 띄워 보냈지
학을 보니까 여태껏
바보짓만 했다는 생각에
그만 초라해지는 나
학이여!
당부하나니
동백꽃 같은 얼굴을 만나면
한밤이라도 내게 알려 주렴

숨바꼭질

그대는 풀 더미 속에 핀
이름 없는 꽃
나만이 이름을 아는 꽃
나는 그대를 찾아 헤매는
광란의 나비

작은 개울의 큰 물소리
작은 새들의 큰 목소리
그래도 못 알아듣는다고
발을 동동 굴리는
새들과 개울과 풀 무더기

그대를 찾기 위해서는
물과 새소리들의 해독을
풀 줄 알아야 되지만
나의 귀는 외길뿐이어서

바람이 불 때
고개를 쑥 내밀어 보렴
유달리 날갯짓을 해대는
나비를 살펴보렴

100

황홀한 이별

길 아닌 곳보다
길이 더 많이 나있는 계절
사랑하는 법에 익숙한 가을은
불꽃이 강렬해지면 대지를 떠난다
오래 두고 사랑하기 위해
불꽃 은근히 피워두기 위해

다 붙어서 지피면
한꺼번에 다 타버리고 말기에
사랑할수록 멀어져야 한다고
떠나야만 한다고
멀어지는 만큼 넓어지는 불밭
꺼질라치면 다가오고
또 다시 이별하고

올드미스 P에게

육순을 훌쩍 뛰어넘고도
홀로 피어 있는 꽃이여
처음부터 혼자가 아니라면
누가 그대를 꽃이라 부르리까
운명이라 생각하면
그대 가슴엔 눈물뿐이겠지만
생각을 돌이키면
백일홍보다 곱고
만년설보다 눈부심이여
잎사귀 하나
꽃잎 한 장
무엇 하나 떨어지지 않고
폭풍한설 헤쳐 나온
그대는 누가 뭐래도 꽃이라네

야간열차

처음 본 모습이 전혀 낯설지 않은 것도
예삿일이 아니었거니와
코끝에 와 닿는 야릇한 향기 또한
오래 전부터 간직해 온
그리움 속 그 향기였었네
우리의 발길이 제각기 다른 까닭에
헤어질 시간 목전에 두고
더 많은 것을 기억하려
침묵을 들쑤셔 가며 말을 건넸네
영동역
작별을 고하는 그의 표정이 눈부시어
차창 너머 뒷모습 사라지기 바쁘게
지긋이 두 눈 감고 만들어 본 액자
그 속에
금방 떠난 여인의 모습 고스란히 끼워
하나가 아닌 둘이 되어
낙동강 물결 따라
꿈길처럼 가고 있네 종착역 향해

103

설雪

아름답던 꽃들이 누추하게
지고 있다

지고 있는 꽃들이
내 그리움 불러내고 있다

담배 연기 뿜어내듯
하늘 향해 뿜어 올리는 한숨

그런 후, 어느 날
온 지상이 백지에 덮였다

하늘에 님이 있다는 사실
님이 보낸 편지지다

하고 싶은 말 빠짐없이
적어 보내란다

끝이 안 보이는 백지
어느 쪽에서 무슨 말부터

104

망설이다가 놓친 하루
밤새 그녀는 백지를 걷어갔다

점 하나 찍지 못한
빈 백지를

사연 하나 없는 걸 보고
그녀는 한없이 울었으리

쏟아 부은 그녀의 눈물
온 지상이 질퍽하다

제5부
거기, 누구 없어요

가로등

골목길, 희미한 가로등을 보면
그녀 생각 간절하다
밤안개 자욱하면
그녀 생각, 애간장을 녹인다
담벼락에 기대어 무슨 말들을 했는지
그 속삭임
마치, 무성 영화 필름처럼 서서히
돌아갈 뿐이다
오랜 세월, 그녀도 나도 말이 없다
그녀도 나도 서로의 생사를 모르니까
하지만 나 여기 있다
사랑하는 숙아! 나 여기 있다

108

수평선에 서서

스치는 바람에
하얀 손을 흔들어대는
물결이여
어둠이 걷히면
산이 있을 수 없는 곳에
산이 있고
빌딩이 있을 수 없는 곳에
빌딩이 있는가 하면
나, 있을 수 없는 곳인데도
이 바다에 내가 있다
파도소리에 섞여
들릴락 말락한 낯익은 소리는
누구의 소리며
보얗게 흔들어대는 손은
누구의 손이더냐!
수평선에 발목 잡힌
너와 나의 사랑만 말이 없구나

묘연

지상에서만 맴돌 일이 아닌 듯 싶어
지하철을 타고 땅속까지 누비고 다니지만
그래도 찾아낼 수 없는 걸 보면 그녀는 분명
더 깊은 지하로 떠났나 보다
그녀의 세계에는 그들만의 통로가 있겠지
그녀가 좋아하는 꽃을 무더기로 심어둔다면
지상 밖으로 얼굴을 내밀어볼지도 모른다
이 마음 탁본으로 찍어 꽃가지에 걸어두면
살고 있는 약도쯤은 그려놓고 가겠지
하늘은 밑이 빠져 생각할 것도 없거니와
요때기처럼 털어도 먼지만 일으키는 지상
눈이 녹는 대로 꽃씨부터 뿌려 봐야겠다

110

노을을 보면

그대가 나 있는 곳을 모르듯
나 그대 있는 곳 몰라도
지금 저 노을을 바라보는 건
그대나
나
마찬가지
저 아름다운 노을은 그대 가슴
그대를 위한 나의 가슴
붉게 물든 우리들의 가슴을
부러워하지 않는 자 누구랴

노을 속으로 새들이 날아간다
새의 날갯짓이
그대의 속삭임이라면
나는 무엇으로 속삭여 줄까
나에겐 날개가 없지 않은가
새들은 멀리 사라지고
이젠 서서히 호흡을 가다듬는 노을
혼자 남을 나를 위해 아주 서서히

바닷가에서

철썩철썩
갯바위에 앉아 있으면
내가 흘릴 눈물 대신
파도가 울어주어 좋다
땟국 같은 그리움 씻겨
반들반들해진
또 하나의 내 안 몽돌밭
휘파람을 불며 하늘을
보니, 물새가 춤을 춘다
이런 날은
꼭 님이 올 것 같다가도
기별조차 없는 걸 보면
그녀도 어느 갯바위에 앉아
바다를 물끄러미 바라보고 있나 보다

112

내 안 팡파르

내 안에 수십 년 동안 떠 있는 배
깃발이 없고
전등이 꺼지고
조타수인 나 말고는 아무도 없는 배
새소리 하나 싣지 못한 적막
선장이 오기를 기다리는 배 주위로
귀를 간질이는 잔물결 소리
쏜살같이 내달릴 수 있는 기다림의 배
바람을 넣지 않은 수많은 풍선들과
윤기가 나는 악기들과 접어둔 깃발
고래와 상어 떼가 숨죽이며 피해 가는
기이한 바다
그러나 내 안 팡파르는 선장인 그녀가
와야 모두 울려 퍼질 수 있다
오로지 그녀
별이 지면 해가 뜨기를, 해가 지면
별과 함께 기다려지는 오로지 내 님

우리들의 모래성

비바람과 함께 강풍이 몰아친다
태풍
눈알이 나뒹구는 태풍
세상을 삼키려는 그의 눈빛이 매섭다

나는 나의 섬을 지켜야 한다
그녀가 돌아오는 날까지
모래 한 줌도 흘려 보내서는 안 된다
한 손으로 섬을 움켜쥐려는 태풍

금방 한 조각 떼어갈 것만 같다
나의 살점을 내줘서라도
그건 안 돼
그녀가 오면 기겁하고 말 테니까

자그마한
우리들이 행복을 꾸밀 섬
지금껏 영역을 잘 지켜 왔다
갈수록 불안해지는 마음이 문제다

때가 되면

그녀가 행복을 가져올 것이다
가져온 행복을 갖고 돌아선다면
그건 내가 섬을 지키지 못한 탓이다

가을 밤바다

바다가 불렀다
가을밤이 불렀다
가을 밤바다
연인 한 쌍이 학처럼
멀어지고 있다
발길 끊어진 자정 너머
가을과 밤바다와 나는
우리 잠시만 맘껏 울자고
약속을 했다
비가 내리고 해일이 일고
내 몸의 9할인 눈물이 쏟아지는
눈물의 새벽 축제
한참을 미치고 있던 우리는
이구동성으로 제의를 했다
한바탕 거나하게 놀았으니
이제 탈수를 할 때라고
간간이 네온사인이 켜져 있는
으슥한 바닷가
하늘은 걷히고
물이 쑥 빠진 백사장
돌아오는 마음이 깃털 같다

116

겨울 밤바다

바다가 불렀다, 겨울밤이 불렀다
아무도 얼씬 않는 곳
겨울 밤바다
내가 당도하자마자
사정없이 내 뺨을 후려쳤다
칼이 보이지 않더니
다행으로 두 귀는 멀쩡했다
양 뺨을 번갈아가며
소나기 퍼붓듯 퍼부었다
뺨을 쳐대는 바다와 겨울이 말했다
그리움은 불구덩이 지옥이라고
저들이 나의 고질병을
귀신같이 알아낸 것이다
살려 준다는 것이 오히려
나를 맹추위 속에 가둬 버렸다
가슴 속은 파란 불덩이
아무래도 밤바다가 나를 시샘하나 보다

벚꽃이 질 때

흰 나비가 떼를 지어
사방으로 날아다닌다
날다가 힘없이 지표에 앉는다

해적 같은 바람에
우수수 떨어져
지표를 뒤덮은 무수한 꽃잎들

잿빛 길바닥을 가려주며
이별하는 자 고이 떠나라고
이 길을 잊지 말라고

끊어진 목숨
헌신이나 하겠다며
울며 떠나는 연인들을 달랜다

아직도 꽃길은 열려 있는데
이럴 때
내 님이 온다면 얼마나 좋으랴

118

이름

젖어 있는 모래 위에
그대 이름 새기면
파도가 지우고
새기고 또 새기면
지우고 또 지우는 파도

마른 흙 위에
그대 이름 새기면
바람이 지우고
새기고 또 새기면
지우고 또 지우는 바람

뜨거운 사랑
우리들만의 사랑
세상에 흔한 이름이지만
보아라 이제
족자에 적어 걸어두리니

파도에게

왔다가 돌아서고 종일토록 가다가
또 돌아서는
소용없는 일인 줄 알면서
모래톱을 파헤치다가 깎아지른
절벽을 타오르다가
파도여, 너는 누굴 찾아 떠돌며
그토록 몸을 던져
슬픈 노래만 불러대느냐

수평선 너머 유자망처럼 쳐놓은
나의 시선만큼이나 따가울 것 같은
몸부림
천만 번 고개 쳐들 때마다 천만 번
목뼈 부러져 백혈까지 토해가며
사선死線을 넘나드는 너는
내 님의 항로마저 삼켜댈 셈이냐
안 되네, 그 길만은 열어둬야 하네

120

비에 젖은 시작詩作 노트

이별을 염두에 둔
떨고 있는 계절 앞에 비가 내리면

눅눅히 젖어드는 시작 노트에
그리움 퍼져 나가면

살아서 멀어진 사랑에겐
봄을 위해 비워둔 여백이 있다지만

죽어서 멀어진 사랑에겐
기다림을 숙성시킬 여백 한 줄 없어
헝클어진 문자만 몸부림친다

빈 조개껍질

나는 두 뚜껑이 맞붙은
빈 조개껍질

세상에서 제일 위태롭게
간신히 맞붙은

기다리는 건 진주가 아니라
오로지 그대

파도소리 속에 윙윙거리는
나의 목소리 들리지 않느냐

이 몸 쓰러질 때까지
바닷가에 버티고 있으런다

설한풍 닥친다 해도 그대가
올 때까지

거기, 누구 없어요

죽도록
사랑할 것입니다

죽어서도
사랑할 것입니다

다시 태어나도
사랑할 것입니다

지금은 비록
나 혼자이지만

노래가 아닙니다
시詩는 더욱 아닙니다

때가 오면
알 수 있을 겁니다

눈물의 바다

서로가 서로를 그리다가 흘리는 눈물
내가 있기에 그대가 있기에
세상의 모든 강은 마르지 않는다
그대의 강 끝에도
나의 강 끝에도
담수호가 있다, 바다가 기다리고 있다
하늘은 은혜롭게
울고 싶은 만큼 울어 보라고
가슴을, 바다의 가슴을 열어두고 있다
우리들은 불행하다 할지라도
보라! 우리들의 금빛, 은빛 눈물들을
저 눈물의 바다 요소 요소에 서 있는
등대를 보아라
꿈길보다 아름다운 불빛을 보아라
우리는 결코 떨어져 있지 않다
광활한 복판에서 우리는 오히려 행복하다

124

까치

님 저기 앉았네
잎 진 오동나무에
기타만 치다가
노래만 하다가
다들 떠나도 혼자 남아서

모든 노래는, 잊을 뻔한
내 사랑의 지난 얘기
슬픈 노래는 그만 하고
이제 기쁜 노래를 불러요
덫에 걸린 그리움을 위하여

오동나무가 심하게 흔들리면
어쩔 수 없이 떠나갈
님이여!
저길 봐요
바람이 날을 세우고 있잖아요

순항

이 바다를 건널 때까지는
만선의 사랑
미끄러지듯 흘러라

물밑에 보물선이 있다 해도
침몰은 싫어
뒤집히면 이별인 것을

그대 키(舵)를 놓치지 마오
나는 노를 저으리
이대로라면 이 바다 지나
저 바다 끝까지도 능히 넘으리

126

| 진진욱 제7시집

제6부

무덤

무덤 · 1

묘비 없는 무덤가에 앉아 있노라니
그대 날 부르는 소리 들린다
들어갈 문이 없어 그대만 목이 쉬어
추억에 잠겼다가 그만 깜박
그대 곁에서 잠이 든 나
그대 아직도 변함없이 아름답지만
머리에 꽂아준 꽃도 보이지 않고
꽃반지도 삭아서 보이지 않아
오랫동안 그대 여기서 머물렀나 보다
이렇게라도 만나면 되는 걸
이렇게 다시 행복하면 되는 걸
그동안 슬픈 세월을 힘겹게 건너왔다
우주가 증발해도 이제는 헤어지지 말자
여기서 한 발짝도 움직이지 말자

무덤 · 2

그대 젖가슴을 닮은 무덤
이름은 없지만 그대가 분명하다
이름 모를 자잘한 꽃들이
나를 맞아준다
주인이 안에 없나 보다
하늘에서 누군가가 다가온다
공중을 선회하다 내 앞가슴에
내려앉는 깃털
그대 새가 되어
이젠 남의 아내가 되어
하늘에서 노닐다가 나를 보았나 보다
어쩔 수 없었겠지
가까이 올 수 없었겠지
증표가 없던 터, 그대 소중한 깃털이여

129

님 부르는 소리 |

무덤 · 3

그대 나와 함께 머물었다면
내 곁에서 세상을 떠났다면
고운 잔디 입혀
묘비 하나 세워두었을 걸
누가 밟고 다녔는지
봉분 가운데 가리마 반들반들
살았을 적에는 그대가 자주
우울하게 보이더니
이제는 내가 우울할 수밖에
고운 잔디 입혀
길을 막아 줄 것이니
그대여 아파하지 마라
마땅한 처소가 없는 나
이제 종종 그대 집에 들러 주마

130

무덤 · 4

세상에 없으면 뻔한 일이지
할미꽃이 핀 저 무덤은 아냐
잘 손질해진 무덤도 아닐 테고
아카시아 한 그루
봉분 위에 서 있는 묘
누가 있어 손질해 주었겠나
그대여, 내가 왔나이다
저 큰 덩치의 나무뿌리가
그대 온 몸을
짓뭉개고 있다니
그대여!
생시에도 가슴 답답하다더니
죽어서도 웬 말이냐
내 당장 톱과 괭이를 가져와 처치해 주마

무덤 · 5

산까치 울어, 울어
발길 옮겨 보았네
굴참나무에 앉은 산까치
나를 보자 울음 그치네
훤칠한 굴참나무 아래
납작 엎드린 무덤
그대 얼마나 슬퍼했기에
이곳에까지 와서
산까치까지 울리는가
흘린 눈물에 축대가 무너져
아무래도 탈나겠네
산까치가 목을 놓아 울음
운 까닭에, 축대를 고쳐놓고
그대에게 나 절을 올리노라

무덤 · 6

여름에 시원하고 겨울엔 참
따뜻하겠다
등산길 옆에
무덤 하나 새로 생겨났다
남자 자리를 남겨둔 걸 보니
여자 먼저 왔나 보다
비문이 새겨져 있어
주저앉을 이유가 없어졌다
여인이여
그 세상에 얼굴이 둥글고
웃는 표정의 여인을 보거든
고향이 광주냐고
이름이 숙이냐고 물어봐 다오
맞다 하면 내 꿈길로 전해 다오

133

무덤 · 7

가난했던 내 여인
오갈 데 없어 공동묘지에 묻혔나
오랫동안 입었던 낡은 옷 대신
이웃의 도움으로 새 옷 갈아입고
이제 마음 편히 누웠느냐
엎드려 절 한 번 하려 해도
무덤끼리 다닥다닥 붙어
엎드릴 공간조차 없을 뿐더러
내가 죽어 그대 옆에 눕고 싶어도
발목 하나 묻을 자리도 없구나
우린 끝까지 따로따로지만
어디에 묻혔던 너와 나 새가 되어
가난하여 여행 한 번 못 떠난 이승
이승 저승, 구경이나 실컷 맛보자

134

무덤·8

여인아!
아직 무덤 속에 들지 않았느냐
그 아늑하고 적요한 곳 말이다
우리가 무덤 속에 있던
살아 있던, 납골당에 있던
우리들의 영혼은 그곳에 없다네
바람보다 가벼운
신기루가 되어 떠도는 것이네
이승보다 만나기 쉬운 곳
우리 이제 별들의 징검다리를
건너, 저 은하의 강가에 조그만
오두막집 지어 이승서 못 다한
사랑을 나누자
행복을 나누며 영원히 죽지 말자

무덤 · 9

별 하나 볼 수 없는 창문 없는 무덤 속
먼저 떠난 여인아
온종일 누워 무엇을 생각하느냐
눈보라가 쳐도 무디고 무딘 무덤 속
네 지붕 위에 하얗게 쌓인 눈이
보고 싶지 않느냐
우리가 처음 만나 거닐었던 그 길에
지금, 천지가 새하얀 눈보라를 맞으며
산 자生者와 죽은 자死者의 발자국
두 줄 나란히 남겨 보고 싶지 않느냐
이 눈이 녹기 전에 일어나라 여인아
당신의 소복 같은 눈부신 백설을 두고
나 혼자 거닐기엔 아무 의미가 없단다
일어나라 여인아! 아직도 눈이 내린다

무덤 · 10

아이들이 미끄럼을 탄다
누군지 모를 무덤
봉분에 올라가 미끄럼을 타며
마냥 즐거워하는 아이들
해 지는 줄 모르고
엉덩이 옷 닳는 줄 모르는
죽음까지도 모르는 철부지들
여인이여
가리마가 차갑지 않느냐
털이 다 빠진 흉터 같은 곳을
갇힌 몸이 어찌 헤아리랴만
수술이 너무 방대하여
만약 내 여인의 무덤이라면
가난이여! 잠시 눈 감아다오

무덤 · 11

답답하고 그리움이 자욱한 무덤 속
처음부터 촉촉이 꿈에 젖어 있던 여인
가시밭길을 각오한 채
무덤을 파헤치고 어디론가 달아났다
푹 패인 구덩이에 낙엽이 드러눕고
낙엽 위에 새털 몇 개 뒹굴고 있다
이음새 없는 생사의 바퀴에, 여인은
새가 되어 날아갔는지 모를 일이다
노을 익은 강가에서
이승의 미련들을 쪼아 올리고 있는 새
평소에 보이지 않던 왜가리가 아닌가
그리움을 못 이겨 저승을 박차고 나와
노을이 질 때까지 떠날 줄 모르는
아! 전생에 저 새의 이름이 뭐였을까

138

무덤 · 12

여인아
육신을 떠나 마음대로 다닐 수 있어
얼마나 좋으냐
걸림 없는 영혼의 자유
나의 영혼은 핏줄에 칭칭 감겨
자유가 없음에
잠자리에 들고서야 겨우 느슨해지는
피의 타래
여인아!
이를테면 나의 영혼을 구출해 다오
강가로 갈까
바닷가로 갈까
아니면 나의 영혼을 영원히 숨겨
그대와 함께 숨어 살게 해 다오

무덤 · 13

무덤 속 네 몸은 벗어둔 신짝 같은 거
우주를 활보하며
생전에 하지 못한, 보지 못한 것에
환호하고 있을 너를 생각하면 할수록
부럽기만 하다
제 아무리 꿈이 달기로
영혼끼리 만나 열애하는 기쁨에 견주랴
구차한 신발을 벗어내려 해도
이것이 운명인가
여인아
어차피 부정과 부패가 만연한 세상
그곳에서도 손 쓸 방법이 있을 것이니
나의 신발을 벗겨주오
고독이 없는, 기쁨이 가득한 곳이라면

140

무덤 · 14

아무도 찾는 이 없는 음산한 이곳에
동백나무가 꽃을 피워대며
한겨울 내내 새들과
뭇 짐승들을 불러
무덤 속 여인에게 노래를 들려주고
밤이면 꽃향기에 젖어 잠들게 하나 보다
동백나무, 그녀의 애인이 아니라면
이 첩첩 산골에 혼자 있을 리가
뜬눈으로 여인을 지키는 충혈된 동백꽃
어떤 여인이기에 저리도 기다릴까
내 여인이 이 음산한 곳에 누웠다면
나도 눈이 충혈되도록 지켜 줄 수 있을까
시퍼렇게 떨어가며 사랑해 줄 수 있을까

무덤 · 15

그림 같은 언덕
나란히 어깨를 맞춘 정겨운 무덤 둘
앞강의 강물이 비늘처럼 반짝이고
미륵바위 그늘이 손길처럼 뻗치는 곳
윤회를 거듭할 때마다
부부로 맺는 이들
탑을 쌓은 공덕일까
자비를 베푼 공덕일까
몸은 묘지에 있어도 두 영혼 손잡고
천상 구경 다니며
그 얼마나 기쁠까
한 번 사랑으로 영원할 수 있다는 건
천생 연분이 아니고서야
억 겁을 돌아도 떨어지지 않을 저들 부부

142

사랑은 영원한 것

사랑한다 말만 하지 말고
좀 더 내밀하게 근접해 보렴
그대와 그대 애인이 이 땅에 살 수 있는 기회는
한 웅큼도 안 된다

그대끼리 마음만 잘 맞추면
우주가 박살나도 영원할 수 있다
사랑은 죽어서도 붙어 다니므로
사랑은 곧 생사가 둘이 아닌 법

절벽에 떨어져도 사랑만은 죽지 않는다
믿어라!
종교를 믿듯 의심 없이 믿어라
그 길만이 유독 죽음이 없나니

사랑은 해와 달이다
사랑은 보석이다
누가 그 위대함을 시인하지 않으리
누가 함부로 사랑 사이에 장벽을 치겠는가

만남

우리 서로 멀리 떨어져 있어
지금은 사랑할 수 없어도
남으로, 남으로 흐르다 보면
꼭 만날 수 있으리라

잠시 호수에 누워
갈 길을 생각타가
당신을 만나기 위해 수문을 열고
나는 곧 바다로 갈 참이네

한 날, 한 시에
바다에서 만나기 위해서는
당신도 이제 일어나
서둘러, 짐을 꾸려야 할 때

우리가 만날 수 있는 곳은
하늘도 땅속도
얼마든지 있지만
영원을 위하여 바다로 가야 하네

고기떼에 발가락 간지러워도

해조음 반주에 맞춰

덩실덩실 춤추며, 바닷물이

마를 때까지 우린 영원히 행복하리라

5月의 강변

지금이 봄이니까 여름은
한 겹 땅 밑에서 대기하고
가을은 두 겹째 땅 밑에서
차례를 기다림이 순리 아닌가

5월 말末, 감히 어느 때라고
가을이 손 불쑥
대지 위에 내밀고는
분홍색 손수건을 흔들어댄다

두 관문을 어떻게 통과하여
예까지 왔는지
그 마음 헤아릴 만도 하지만
땅속에도 부정이 있나 보다

봄꽃들이 화들짝 놀라는 모습
귀신같이 붉어진, 코스모스를
보고도 놀라지 않는다면
꽃마다 심장에 문제가 있지

146

천신만고, 위험한 돌출

제 철에 피면 동족이 많아
님 와도 헷갈려 그냥 갈까 봐
난 알지 아무렴 알고 말고

로맨틱 리리시즘의 현대적 표현미 부각

―진진욱 제7시집《님 부르는 소리》의 시세계

홍 윤 기

일본센슈대학교 대학원(시문학 전공) 문학박사
국제뇌교육대학원대학교 국학과 석좌교수(현재)

'시'란 무엇인가. 이 커다란 질문을 가장 알기 쉽게 이르자면 '시는 잘 다듬어진 리드미컬한 언어의 노래'라 일컫고 싶다. 시는 개성적으로 부각된 정서적 상념을 시인 스스로 어떻게 서정적으로 빼어나게 이미지화 시키느냐 하는 것이 시작법의 중요한 과제다.

진진욱 시인의 시세계를 대하며 먼저 느낀 것은 시가 전편적으로 순수 서정의 바탕 위에서 로맨틱 리리시즘으로서 조화롭게 다루어지고 있다는 데 주목하게 되었다.

시의 크기를 재거나 분량을 정할 규정 같은 것은 따로 없다. 누구나 읽어서 흐뭇하게 공감한다면 우선 그 시세계는 성공이다. 그와 같은 견지에서 작품들을 한 편, 한 편 대하면서 거듭 느낀 것은 진진욱 시인은 이미지의 새로운 노래로서의 서정이

148

시 속에 그득 넘치고 있다는 점이다. 나는 대학에서 항상 학생들에게 시의 서정성을 그 시의 생명이라고 강조해 오고 있다. 시는 결코 무슨 삶의 방법론이 아니다, 이른바 철학이 아닌 '언어 예술'이라고 하는 점을 결코 잊어서는 안 된다.

오늘의 일부 시인들은 스스로에게 주어진 참다운 자아의 시어와 순수한 한국인의 정서를 망각하고 있는 게 현실인 것 같다. 참다운 시의 주체의식 설정이 상실되어 가고 있는 '내 것의 진실'을 천착해내는 작업이 되어야 한다고 본다. 한국인의 순수시에는 한국어의 계발啓發을 바탕으로 하는 가장 한국적인 전통과 민속과 생활양식, 더 나아가 민족적 각성이 절실하게 요청되는 것이다.

이를테면 한국인의 언어인 '한글'을 우리가 지키고 사랑하는 작업은 한국인에게 주어진 참다운 한국적 순수 사명이다. 이를테면 우리가 우리 땅 독도獨島를 아끼고 사랑하며 지키는 행위는 내 것에 대한 참다운 사랑이다. 그런 견지에서 내 것에 대한 새로운 공감대를 마음 든든하게 형성하고 있는 오늘의 진진욱 시인의 대표적인 시편들을 여기에서 평가하며 함께 감상해 보자.

149

스치는 바람에
하얀 손을 흔들어대는
물결이여
어둠이 걷히면
산이 있을 수 없는 곳에

산이 있고
빌딩이 있을 수 없는 곳에
빌딩이 있는가 하면
나, 있을 수 없는 곳인데도
이 바다에 내가 있다
파도소리에 섞여
들릴락 말락한 낯익은 소리는
누구의 소리며
보얗게 흔들어대는 손은
누구의 손이더냐!
수평선에 발목 잡힌
너와 나의 사랑만 말이 없구나

- 〈수평선에 서서〉 전문

시인은 인생의 값진 발자취를 상징적으로 수평선에 세워서
투시한다. 우선 바닷가 수평선은 매우 건강한 시세계다. 진진
욱 시인은 스스로의 삶의 가치를 현실에서 캐낸다기보다는 스
스로의 삶을 수평선에 가탁하여 한 편의 리얼하면서도 심오한
자아성찰의 역편을 생산하고 있다.

"어둠이 걷히면/ 산이 있을 수 없는 곳에/ 산이 있고/ 빌딩이
있을 수 없는 곳에/ 빌딩이 있는가 하면/ 나, 있을 수 없는 곳
인데도/ 이 바다에 내가 있다"는 오프닝 메시지가 독자에게
안겨주는 인생의 이미지란 과연 어떤 것인가를 진진욱 시인은
절실하게 메타포하고 있다. 전형적인 삶의 과정을 진지하게

150

통찰하며 보다 밝은 앞날을 열망하는 메시지가 화자에 의해서 예리하게 이미지화되고 있다.

　이미지라는 말은 본래 영어가 아닌 라틴어에서 생긴 낱말이다. 지금의 영어가 된 '이미지' image는 라틴어의 '이마고' imago가 그 모어母語이다. 라틴어로서의 '이마고' 는 '흉내내기' copy라는 뜻을 가졌다. 또한 '이마고' 는 영어의 '이메진' (imagine/ 상상한다)이라는 단어와 '이메지네이션' (imagination/ 상상/ 상상력)이라는 낱말도 만들어 주었다. 더구나 참다운 가치 있는 시는 지금까지 다른 시인들이 전혀 다루지 않은 새로운 제재거나 소재의 빛나는 이미지의 신선한 시작업이다. 그것은 곧 한국현대시를 발전시키게 될 것이라는 것을 〈수평선에 서서〉를 읽으며 공감했다.

너와 내가 덮고 있는 두툼한 이 어둠
훤히 걷히고 나면
얇게 껴입은
물안개 속에 비치는 네 고운 속살
매만져볼 마음으로
나는 일찌감치 일어나
너의 머리맡에 앉아 새벽을 기다린다

낮에는 너에게도 나에게도
주어진 노역에 숨 돌릴 틈 없기로
지척에 두고 눈짓 한 번 못 보내다

감질나게 느릿한 태양
누군가가 꿀꺽 삼켜주길 바랐지만
기다리던 만큼 애태우던 만큼
지금은 오롯이 너와 나 둘뿐이네

- 〈새벽 강〉 전문

〈새벽 강〉 또한 삶의 깊이를 추구하는 독창적 시세계 구축 작업이 두드러지고 있다. 요컨대 작금의 한국시단은 대부분의 시가 개성이며 독창성의 측면에서 상당 부분 벗어나고 있다. 쉽게 말해서 다른 시인에게서 이미 발표된 소재나 제재를 다루고 있는 실정이다. 그것은 큰 문제점이 아닐 수 없다. 시는 진진욱 시인의 시처럼 반드시 새로워야만 하는 이유이기도 하다. 진진욱 시인은 〈새벽 강〉에서 "낮에는 너에게도 나에게도/ 주어진 노역에 숨 돌릴 틈 없기로/ 지척에 두고 눈짓 한 번 못 보내다/ 감질나게 느릿한 태양/ 누군가가 꿀꺽 삼켜주길 바랐지만/ 기다리던 만큼 애태우던 만큼/ 지금은 오롯이 너와 나 둘뿐이네"(후반부)라 하며 지금까지 남들이 쓰지 않은 콘텐츠(내용)를 담고 있는 참신한 자아성찰의 서정적 경향을 뛰어나게 잘 보여주고 있다.

한국에서는 1908년부터 시인 최남선(崔南善, 1890~1957)에 의해서 서양의 자유 서정시 형태가 서서히 등장하기 시작하였으며, 금년은 그 106주년을 맞는 해이기도 하다. 최남선에 이어 〈진달래꽃〉의 김소월(金素月, 1903~1935) 시인, 〈빼앗긴 들에도 봄은 오는가〉의 이상화(李相和, 1900~1943) 시인, 〈봄은

고양이로다〉의 이장희(李章熙, 1902~1928) 시인과 같은 선각자
적 우수한 서정 시인들이 1920년대 중반, 이 땅에 속속 등장하
여 한국시단을 그들만의 새로운 이미지로써 눈부시게 꽃피우
게 된 것을 우리는 꼭 기억해 두어야 한다. 그리고 오늘 우리는
그와 같은 한국 서정시의 오랜 맥락에서 진진욱 시인의 새로
운 시대의 이미지와 서정의 시세계로 함께 접어드는 것이다.

드릴로 구름을 꿰뚫은 별이
별빛 한 가닥 지상 가까이에 내렸다
두 팔 꼿꼿이 세워도
간신히 닿을 듯 말 듯한 끝자락
조금만 더 길게 내릴 것이지
누굴까
그녀라면 내가 타고 오를 수 있도록
끈을 넉넉하게 내려줄 텐데
어떤 악연이 골탕을 먹이려나 봐
그녀가 있는
하늘에 오르고 싶은 간절한 이 마음
누굴까
발길 옮기는 대로 따라오는 끈
지하 다방으로 몸을 숨긴 얼마 후
밖에서 울음소리가 들린다
다방에서 나와 보니 비가 떨어진다
구름 뒤에 숨은 별이 울고 있나 보다

누굴까, 왜 그럴까

– 〈누구시기에〉 전문

절도 있는 새타이어(풍자)를 해학적으로 유머러스하게 다룬 흥미로운 시세계다. 이 시 작품은 성패 여부를 떠나, 우선 남의 것이 아닌 내 시세계에 대한 시인의 성실한 시작詩作 정신을 우선 높이 평가하고 싶다. 시가 새롭다는 것은 남들이 흔히 다루는 소재며 제재를 벗어나 자아의 독특한 개성적 시작업이 너무도 소중하다는 점에 기인한다.

이 시가 그 시 같고 그 사람이 쓴 것이나 저 사람이 쓴 것이 비슷비슷해서는 아무런 문학적 성과가 없다. "위대한 문학이란 가능한 최대한의 의미가 담겨진 충실한 언어에 있다"(〈How to Read〉, 1931)라고 설파한 것은 에즈라 파운드(Pound, Ezra Loomis, 1885~1972)였다. 20세기 대시인 T. S. 엘리엇(Eliot, Thomas Sterns, 1888~1965)을 키워낸 스승이었던 이른바 '현대시의 순교자'로서 추앙받은 에즈라 파운드의 이런 지적은 곧 그가 서구의 젊은 시인들에게 큰 영향을 줄 수 있었던 가장 두드러진 명언이 아닐 수 없다. '가능한 최대한의 의미가 담긴 언어'로서의 시를 쓴다는 것은 과연 무엇을 가리키는가. 그것이야말로 오늘날과 같이 시가 유형화類型化 되어 진부하고 시어詩語가 황폐해진 시대에 어쩌면 가장 적절한 가르침이 아닌가 한다.

이 작품은 '누구'라는 가상적인 제재題材의 설정 속에서 참다운 인생의 내면세계를 눈부시게 꿰뚫어 메타포하고 있어 우리를 감동시킨다. 필자는 오랜만에 이미지가 강한 빼어난 순수 서정의 표현미와 마주치게 된 느낌이다. 화자가 설정한 '그녀'는 실제로는 현실적 존재가 아니다. 화자는 '지하다방'을 가정시키고 그 어둠 속의 비통한 현실적 존립감을 엮어낸다. 그런 독창적인 이미지 처리로써 삶의 아픔을 여과시키는 능숙한 솜씨가 돋보인다. 즉 "그녀가 있는/ 하늘에 오르고 싶은 간절한 이 마음/ 누굴까/ 발길 옮기는 대로 따라오는 끈/ 지하 다방으로 몸을 숨긴 얼마 후/ 밖에서 울음소리가 들린다/ 다방에서 나와 보니 비가 떨어진다/ 구름 뒤에 숨은 별이 울고 있나 보다/ 누굴까, 왜 그럴까"(후반부)라고. 빼어난 표현미로 넘치고 있는 작품이다.

여인은 언제나 윈도우에 서서
창밖을 바라본다
항구도 없고
간이역도 없는 맞은편을 향해
봄 여름 가을 겨울
철마다 의상, 수시로 갈아입고
말을 할 듯, 손짓할 듯
뒤꿈치 치세워 창밖을 바라본다

간밤에는 애인이 왔다 간 걸까
헝클어진 머리에
드러난 젖가슴

해는 솟아 길 건너편에까지
훤히 드러난 알몸
얼마나 달콤했으면
저토록 지쳤는가
나도 남잔데 혼자 사는데

　　　　　　　　　– 〈윈도우 여인〉 전문

　좋은 시는 결코 어떤 '외침' (주장)이거나 '목적성' 을 드러내
지 않는 가운데 독자의 가슴에 은밀한 정감으로 조화되기 마
련이다.
　이를테면 세속적으로 창가에 서 있는 여인을 연상한다면 우
선 우리는 '고독의 존재' 를 실감하게 된다. 그런데 화자는 "간
밤에는 애인이 왔다 간 걸까/ 헝클어진 머리에/ 드러난 젖가슴
/ 해는 솟아 길 건너편에까지/ 훤히 드러난 알몸/ 얼마나 달콤
했으면/ 저토록 지쳤는가/ 나도 남잔데 혼자 사는데"(제2연)라
는 활성화된 삶의 존재감에다 스스로를 가탁시키는 흥미로운
대비적인 독창적 표현법을 동원함으로써 작품의 고품도高品度
를 거듭 깨닫게 해 주고 있다.
　필자가 주목하자면 이 시에서 '여인' 의 존재는 삶의 의미를
강렬하게 추구하는 의인화시킨 자아에의 투시다. 그러기에 얼
핏 보면 리얼한 시어 구사에 독자가 현혹되기도 하겠으나, 자
아의 욕망 한계 극복을 위한 이와 같은 표현 기법은 시어 탁마
의 숙연하고도 심오한 세련미의 경지라고 가히 칭송하련다.
근래 보기 드문 가편佳篇이다.

156

처음엔 설탕 대신 사랑을
다음으로 매실같이 새콤한
그리움을 넣었습니다
이미 오래 전부터 발효된
넘쳐나는 내 가슴 속 항아리
그냥 그렇게 넘치나 했더니
뚜껑 밑으로 타 내리는 것이
뜨거운 눈물입니다
나눠 마실 사람 하나가
아주 멀리 떠나가고 없기에
그대로 방치
궂은 날은 눈물 줄기가 아주
굵습니다
가을, 겨울은 더 굵어요
항아리를 꺼낼 수 있다면
깨어버리고 싶지만
사실은 은하수에 사는 그녀가
닻으로 내려놓은 항아립니다
그녀가 끌어올리기 전에는
눈물 펑펑 넘쳐 흘러야 합니다
녹이 슬지 않는 닻
내 죽어 불에 태우고 나면
고스란히 사리로 남을 항아립니다

- 〈그녀의 닻〉 전문

다시 한 번 언급하거니와 진진욱 시인은 전편적으로 역동적인 감각 이미지 처리로써 독자를 완전히 압도하는 빼어난 메타포(metaphor, 은유)의 테크닉이 두드러지고 있다. 삶의 과정을 이렇듯 짙은 서정을 바탕으로 지성知性이 융합된 표현 기교로써 그만의 독특한 시창작성詩創作性을 마음껏 발휘하는 시인은 보기 드물다고 하련다.

"궂은 날은 눈물 줄기가 아주/ 굵습니다/ 가을, 겨울은 더 굵어요/ 항아리를 꺼낼 수 있다면/ 깨어버리고 싶지만/ 사실은 은하수에 사는 그녀가/ 닻으로 내려놓은 항아립니다/ 그녀가 끌어올리기 전에는/ 눈물 펑펑 넘쳐 흘러야 합니다/ 녹이 슬지 않는 닻/ 내 죽어 불에 태우고 나면/ 고스란히 사리로 남을 항아립니다"(후반부)처럼, 화자가 설정한 인생의 닻은 그야말로 차원 높은 '닻'이다. 일반론적으로 보자면 배를 바다 속에 정박시키는 '닻'이란 삶의 과정에서의 '올가미'이기도 하다. 화자는 처절하리 만큼 자아 속박을 통한 인생의 깊이를 천착하는 시작 태도가 참으로 특이하다는 것을 이제 독자 여러분도 공감하리라고 본다.

시란 '잔뜩 엉클어진 실타래'를 풀듯이 읽어내려고 허덕일 필요가 전혀 없다. 차원 높은 독자는 시를 시인의 묘사를 통해 의미를 풀려고 애쓰는 것이 아니고 그 대신 '이미지'만을 스스로 받아들인다면 그것으로써 끝나는 것이다.

사랑하노라고 날마다 찾아와
당신의 문을 두드린다면

어리석은 자여
당장 사랑할 마음이 없더라도
그에게 등을 보이지 말라

사랑하겠다고 강제로 끌고 와
당신 안에 가둔다면
어리석은 자여
우선은 사랑을 받아줄지 몰라도
한눈파는 사이 그는 곧 떠나네

어리석은 자여
사랑은 반쪽으로 굴러갈 수 없다네
바늘에 찔리면
함께 아픔을 느낄 수 있는
둥근 것이어야 한다네

– 〈사랑에 대하여〉 전문

시인치고 '사랑'을 노래하지 않은 이는 아마도 없을 줄로 안다. 왜냐하면 '사랑'이야말로 시 주제의 최고봉, 아니 '영봉靈峰'이기에 그렇다. 따라서 '사랑'을 노래한 명시는 허다하다. 사랑의 일련의 다채로운 시 작품들을 통해 필자는 오랜 날 한국인의 숨겨져 왔던 삶의 진실과 참다운 정서의 가치를 깨닫는다.

그러므로 오늘 우리는 그와 같은 한국 서정시의 맥락에서 진진욱 시인의 새롭고도 아름다운 서정의 시세계로 접어드는 기쁨을 누린다. 진진욱 시인의 서정은 한국적인 순수성의 바탕에서 삶의 질감과 양감마저 물씬하게 넘치게 하면서 그의 시적 테크닉 넘치는 '리리시즘'을 유감없이 꽃피우고 있다. 그러기에 누구이거나 시를 쓴다고 하면 모름지기 한국인의 '리리시즘'을 올바로 터득할 일이다.

필자는 서정시인으로서 역사적으로 높이 평가하는 시인이 둘 있다. 한 분은 우리나라의 황진이(黃眞伊, 16C)이며, 머리 색깔 노란 서양에서는 영국의 여류 시인 크리스티나 로제티(Rossetti, Christina Georgina, 1830~1894)다.

"어리석은 자여/ 사랑은 반쪽으로 굴러갈 수 없다네/ 바늘에 찔리면/ 함께 아픔을 느낄 수 있는/ 둥근 것이어야 한다네"(마지막 연)처럼 한국적 정서의 미학으로 번뜩이는 진진욱 시인의 사랑시에서 공명공감共鳴共感하게 된 것을 스스로 거듭 기뻐하게 된다.

달빛 잘라 기둥을
별빛 잘라 서까래 걸치고
조각, 조각 하늘을 떼어다가
지붕도 덮고 창문도 내자
얼어붙은 한겨울 내내
수십 년 쌓아둔 내 그리움
아궁이에 불 지펴
님아

옛 님아!
천만 리 상한 관절
구들장 위에 뻗쳐놓고, 어디
한 많은 지난 세월 털어나 보자
강 건너 오라
산 넘어 내가 가랴
이왕이면 우리 학산에서 만나
날갯죽지 밑에 둥지 하나 짓자
떠날 땐 우리 함께 학품에 안겨
하늘 높이 오르리
님아
옛 님아!
그대 부르는 소리, 소리마다
허공을 관통하지 못하고
목 메일 때 잠시 잔잔할 뿐
바다에서 강에서 물결로 일리라

– 〈님 부르는 소리〉 전문

〈님 부르는 소리〉는 이 시집의 표제시기에 누구나 가장 주목
하게 된다. 시는 다양한 심상心象의 소재를 개성적으로 부각시
킨 정서적 상념을 시인 스스로 어떻게 서정적으로 빼어나게
표현시키느냐 하는 것이 시작법의 중요한 과제다. 그런 견지
에서 〈님 부르는 소리〉라는 공감적共感的인 '사랑'의 시세계를
대하며 필자가 느끼는 큰 포인트는 비단 이 작품뿐 아니라 진

진욱 시인의 시가 전편적으로 순수 서정의 바탕 위에서 삶의 아픔을 로맨틱 리리시즘으로써 조화롭고 남 달리 독특하게 창작하고 있다는 데 주목하고 있다.

"님아/ 옛 님아!/ 그대 부르는 소리, 소리마다/ 허공을 관통하지 못하고/ 목 메일 때 잠시 잔잔할 뿐/ 바다에서 강에서 물결로 일리라"(후반부)라는 인생의 역정을 스스로 성찰하는 진지한 시작 태도는 독자에게 공감의 밀도를 배가시킨다. 시의 크기를 재거나 분량을 정할 규정 같은 것은 따로 없다. 누구나 읽어서 참다운 공감을 한다면 우선 그 시세계는 성공이다.

그와 같은 견지에서 이번 시집의 시작품들을 대하면서 거듭 살피자면 진진욱 시인은 이미지의 새로운 노래로서의 서정이 진선미 속에 여과되면서 그 투명한 콘텐츠가 시 속에 그득 넘치고 있는 점이다. 앞에 예시한 결구에서처럼 서경 묘사에서도 그와 같은 텐션tension 즉, 삶의 진통이라는 긴장미는 오히려 오늘의 시로서 시의 맛을 북돋으며 더구나 그것이 긍정적 처리로서 깔끔하게 마무리됨으로써 독자는 혼훈한 여운을 느낀다.

시가 일반적인 산문과 다르다고 하는 것은 그처럼 시어 구사가 결코 일상적이고 평범해서는 안 된다고 하는 룰rule, 다시 말해 제약을 띄고 있다는 특출한 점이다. 그것은 곧 '살아 있는 시'의 표현 양식이다.

이번에 진진욱 시인의 여러 작품들을 대하며 시 전편이 새 타이어로 풍자 처리하는 하이포벌hyperbole 수사기법修辭技法 동원도 매우 특출하며 값지다고 평가한다. 단조로운 것 같은 콘텐츠를 〈님 부르는 소리〉라는 표제어로서 동원시킨 인생의 족적, 삶의 아픔 극복에의 내면적 의미 추구 등, 소설 시츄에이션을 상호 상관적으로 즐겁게 묘사하고 있어서 독자들에게 크게 주목받을 만하다. 앞으로도 잇대어 건필을 바라련다.

진진욱 제7시집

님 부르는 소리

•

지은이 / 진진욱
발행인 / 김재엽
발행처 / **한누리미디어**
디자인 / 지선숙

•

121-840, 서울시 마포구 서교동 395-13 2층
전화 / (02)379-4514, 379-4519
Fax / (02)379-4516
E-mail/hannury2003@hanmail.net

•

신고번호 / 제300-2006-61호
등록일 / 1993. 11. 4

•

초판발행일 / 2014년 3월 4일

•

ⓒ 2014 진진욱 Printed in KOREA

값 10,000원

•

※잘못된 책은 바꿔드립니다.
※저자와의 협약으로 인지는 생략합니다.

•

ISBN 978-89-7969-472-7 03810